ある一人の男の話

水沢雪夫
MIZUSAWA YUKIO

幻冬舎MC

ある一人の男の話

目次

プロローグ

老境で知る人生の深遠さ
考えるコロナ禍ひまで人生を
コロナ禍でストレス減らせ散歩せよ
ボケとウツ吹き飛ばさんと創作す

古希を過ぎた老境にいる雪夫は、長引くコロナ禍で喜寿を迎えた。『ステイホーム』の呼び掛けで在宅時間が増えた雪夫、その彼を妻の良子は目障りだと感じた。

「ねえ、だらだらしてないで終活でもしたら？　押し入れの整理から始めたら？」きつい口調で言った。

「わかったよ、やればいいいんでしょ」

事情で負い目のある雪夫は、早速押し入れの整理を始めた。

すると押し入れからアルバムが出てきた。アルバムには高校時代から仲良くしていた、因縁のある学友O君の写真があった。彼とは高校の同一クラスから同一大学の同一学科に進学し、大学院でも同一研究室だった。昨年その彼が亡くなった。前立腺癌だった。彼の死は雪夫に人生を強く意識させ、何か人生について書きたくなった。

更に押し入れの整理を進めていると、古い見覚えのあるノートが出てきた。卒業旅行で東北の浄土ヶ浜で出会った、妙子が主人公の習作が記されている。懐かしくて整理を中断し、早速その習作を読み始めた。二度、三度と繰り返し読んだ。所々で思いを浮かべて……。

第一章　浄土ヶ浜の天使

雪夫は二十三歳の夏に仙台にいた。仙台の街は、七夕まつりで着飾っていた。先ほどから降り出した雨が、少し勢いを増してきた。ビルの谷間にテント張りの無料休憩所があった。雪夫はそこで雨宿りをしていた。テント内は静かで、妙子との出会いを回想するのに相応しい場所だった。

約束の午後三時まではタップリと時間があった。雪夫は昨夜の妙子との会話を思い、更に深く丁度一年前の、妙子との出会いを回想し始めた。

雪夫と妙子が出会ったのは去年の昨日、八月七日である。大学院の卒業旅行として東北一周を計画し、八月四日に東京北区滝野川の自宅を出発した。順次北上して、三日目に三陸海岸の宮古から近い名所、『浄土ヶ浜』を訪れた。そこで出会ったのが妙子である。彼女は会社の同僚との女二人の日帰り旅であった。

浄土ヶ浜の由来は、昔ある僧がこの地を訪れた際、「さながら浄土の様だ」と言ったことによる。旅行ガイドにはそう記されていた。妙子はその場所の名にそむかず、小柄で、清楚で、可愛く、「さながら天使の様だ」、と雪夫は思った。浄土ヶ浜で何を話したか、全く記憶にない。記憶にあるのは、「私達は証券会社の仙台支店で働いています」「この後は岩泉に、龍泉洞を見物しに行きます」。あとは二人の姓、『松尾』と『大沢』。

妙子はキリスト教徒らしい事は、何ひとつ発言しなかった。

宮古まで一緒に戻った。宮古駅で彼女達を乗せたバスを見送った。

「もう松尾さんに、この可愛い天使に会うことはない」

いつになく旅の感傷が、雪夫の胸に宿っていた。

東北の旅から帰って四、五日後、思い掛けずに妙子から封書が届いた。雪夫は身分証明の代わりとして、自製の名刺を別れの時に渡していた。本当に旅の出会いの記念として。

封筒の差出人欄には、「松尾妙子」、と記されていた。それで彼女の下の名を初めて知った。住所欄は空白だった。封筒の中には数枚の七夕まつりの絵葉書と、一枚の写真が入っていた。


雪夫は雨に濡れる七夕の飾りを眺めながら、その写真を思い浮べる。『国立公園・浄土ヶ浜』の立札を背に、雪夫と妙子が寄り添って立ち、前に大沢さんがしゃがんでいる。二人の背格好はお似合だ。妙子は幅広い縁取りの麦わら帽子を被り、それが小顔にマッチしてとても素敵だった。

雪夫はその時に作詞した歌を、雨を横目につぶやいた。

＊

憧れ求めてさ迷う僕の
心に映った天使の姿
短い旅路の出会いだけれど
別れて強く蘇る
浄土ヶ浜の天使よいずこ

幸せ求めてさすらう僕の
心に響いた天使の御声
別れは出会いの定めだけれど

消えて強く蘇る
浄土ヶ浜の天使はいずこ

＊

雪夫は浄土ヶ浜での記憶を頼りに妙子を求めた。封書の御礼を告げたい、否むしろ自然に湧き上った感情だった。自分の詩に酔ったのだ。

仙台に支店がある証券会社といえば、四大証券の一つに違いない。そう推測して各証券会社の仙台支店に片っ端から電話した。三番目に妙子を捕えた。妙子は電話で驚きの声を上げた。それから時折、妙子に電話した。

初めて妙子の方から電話があったのは、十月下旬の寒い晩だった。

「もしもし、私、松尾です。今、都立大の姉の家からよ」

「えー、姉さんの家、都立大なの。それで東京見物、それとも何かの用事？」

雪夫が驚いて問うと、

「ビリー・グラハムという有名なアメリカの伝道師が来日しているの。明晩、渋谷で説教するのでそれを聞くためよ」妙子は明るく弾んだ声で言った。

「すると貴方はキリスト教徒なの？」

「ええそうよ」

雪夫は初めて、妙子がキリスト教徒だと知った。可愛いだけの娘ではなかった。彼女と人生を語り合えると思った。雪夫は宗教を信仰してはいない。だが、深い関心を寄せていた。彼は常日頃、『人生の意義』について考えていた。

「死への恐れ」か「青春時代の迷い」、いずれか解らないけれど、それが雪夫を人生の意義の思考へ駆り立てた。それで親鸞聖人の教えを記した、「歎異抄」を読んだ。次の有名な文言にも出合った。

「善人なおもて往生を逐ぐ、いわんや悪人をや」この一見常識外れの文言を、どう解釈したらよいのか？　雪夫はこう考えた。

人間は本性は罪深い存在なのだ。何も深く考えない者は、罪の意識がない。自分は善人だと思い込んでいる。それ故、普通に念仏を唱える。

一方、罪の意識が高い悪人は悔いている。それ故、一層熱心に念仏を唱える。従ってより往生する。これはキリスト教で説く、『人間の原罪』の思考に通じよう。

妙子から電話があった翌日、雪夫の在学校である都立大の正門で待合せた。そこは妙子の姉の家から徒歩圏内であった。

浄土ヶ浜での別れの時、名刺を見て妙子は何か因縁を感じた。その際、時間がなく何も言わなかった。雪夫は今度の電話で初めてそれを知った。

雪夫も妙子との因縁を感じた。

大学の正門で会って、学校内を軽く案内してから近くの駒沢公園に行った。公園のベンチに坐り、二人は語り合った。日常的な話題から、根源的な話題へと移行していった。雪夫はぜひ訊きたい問を発した。

「すると貴方の幸せは何なのですか？」

「私は、キリスト教徒は、この世は仮の世だと考えます。私の幸せは死後、神の許で永遠に過すことです」

妙子はこの答えに、雪夫が納得しないと思った。

雪夫の名刺には、工業化学専攻と記されていた。工学部の人は、実利的な現実派が多い。妙子の思った通り、雪夫は合理主義者だった。妙子とは本音で話したかった。だから敢えて妙子に言った。

「来世とかにエビデンスはあるのかな？」

「エビデンス？　何よそれ？」

「確かな証拠さ。科学者は神ではなく、証拠に頼るのさ」

「神は確かに目に見える証拠はないわ。けれども科学者で、宗教を信じている方もいるわ」

「そうだね。アメリカの宇宙飛行士が宇宙を体験し、神の存在をかえって感じ、牧師に転じた例もある」

「そうでしょ！」

「でも僕は、自然界の想像を絶する不思議さえも、創造主は『自然の成り行き』だと思う」

「水沢さん、なかなか頑固ね」

「そうかもね。ところで、この現在の宇宙はビッグバンから始まったという説を知っている？」

「その言葉は聞いたことあるわ」

「今の宇宙は約百三十八億年前に起こったビッグバンから始まったとの仮説が有力なんだ」

「何故その様な説が出てきたの？」

「ある天文学者が、星々を詳細に観察して得た事実からだよ」

「どんな事実？」

「星の観察によると、地球から遠くにある星ほど、より速く地球から遠ざかっていた」

「それって、宇宙が膨張してるの？」

「そうだよ。それで逆に時間を遡れば、一点に収束される。その時点で強大なインフレーションが、大爆発が起こった」

「それがビッグバンね」

「そうだよ。それ以前の宇宙はよく解っていない」

「少し難しい話ね」

「確かにそうだね。でもこの宇宙がいかにして存在するか？　これは誰しもが思う大きな謎だよ」

「本当にそうね」

ついでに書くと、ビッグバン説をうまく説明するには、銀河の位置と宇宙に存在する物質の重力関係から、ある素粒子が存在すればよい。その素粒子の存在を、日本の物理学者がカミオカンデを用いて証明して、ノーベル物理学賞に輝いたのは約五十年後の先年のことだった。

「本当に神が宇宙の創造主か、それとも創造主は自然の成り行きか、これぞ神のみぞ知る……、としておこう」

雪夫はゆっくりと言った。

「水沢さん理系なのに、文系の面もあるわね」

「そうかも知れない。だから理論的でないところもあるよ」

「でも貴方は理屈屋で真面目よ」

妙子の言葉を聞いて、こそばゆく感じた。妙子は、清く、正しく、美しく、だった。逆に雪夫はある程度の自制心があれば、個人の自由を最大限に尊重するべき、と思っていた。妙子と会話している時、よこしまな気持は全く起きなかった。深層心理としてないとは言い切れないが……。雪夫は聖書の一節を思い出していた。

「異性を欲望の目で見ることは罪である」

これなどは厳し過ぎないか？　近年ではキリスト教国の方が、性的に開放が進んでいるのは逆説的である。また聖書は争いを禁じ、殺人を禁じている。反撃も認めていない。例の文句、「右の頬を打たれたら……」もある。

この観点からは、アメリカが日本に原子爆弾を投下した件はどうなるのか…。日本の真珠湾攻撃に比べて、あまりに過大ではあるまいか？

勝負が決着した頃、アメリカは無条件降伏を要求した。日本は無条件降伏を、すぐには飲まなかった。天皇制の維持があった。ただでさえ原爆を試したかったルーズベルトは、投下にゴーサインを出した。広島に続き長崎にも投下した。しかも投下の原爆は、製造法が若干異なっていた。これをみても、試してみたい心理が推測できる。アメリカでは日本への原爆投下に、それほど罪の意識がない様に雪夫は思う。広島で毎年開催される平和式典に、歴代大統領で参加したのはオバマ氏が一回だけだ。平和式典に参列すると、原爆投下の罪を認めることになると思うのか……。その悲惨な被害は彼の国に届いておらず、他の核兵器保有国にも届いていない。毎年日本で声高に原水爆禁止を叫ぶが、何か空しく聞こえる。単なるお題目に聞こえる。

雪夫はあの原爆反対の歌声を遠くに聞く。『長崎の鐘』、という歌だ。この歌の歌詞は心に響く。いつも聞く度に、雪夫は心が揺さぶられる。

妙子が渋谷に行く時間が迫ってきた。二人は公園のはずれにあるバス停に行き、黙ってバスを待った。雪夫はこのまま、「時よ止まれ！」の思いだった。やがてバスは来た。キスしたかったができず、「ではお元気で」と雪夫は軽く手を振った。

「行くわね、さようなら」

妙子も軽く手を振り、バスに乗り込んだ。渋谷に行く妙子をじっと見送った。バスが視界から消えるまで、雪夫はバス停に佇んでいた。この別れのシーンは、浄土ヶ浜での別れのシーンと重なった。

駒沢公園での語らい以後、妙子は名実共に天使として雪夫の心に住みついた。だが、卒論実験に追われ、年賀状の他は何も連絡しなかった。

春が来て三月初旬、卒業論文を提出し終えた雪夫は、妙子に熱烈な手紙を送った。

＊

前略
大変ご無沙汰しておりますが、その後いかがお過しですか？
僕は元気に過しています。
貴方に改めて御礼申し上げます。
「お陰様で卒業論文を提出できました」
お陰様で……、などと常とう句を使うと、貴方は儀礼的な文言と受け取るでしょう。

だが僕は心の底から発信しています。

僕は忘れていない!!

貴方が駒沢公園で優しく僕に告げたあの言葉を。

「卒論頑張って下さいね」

続けて君は小さくつぶやいた。

「こんな事を私が言うのは変ね」

そのつぶやきが僕の琴線に触れた。

僕は君につい愚痴をこぼした。

「化学実験をしていて、時に空しさを感じる」

君は気を使ってくれたのか……。それがあのつぶやきか……。

僕が君と出会ってから、君は僕の心を捉え続けてきた。

実験中に、通学途中に、家での寛ぎ中に、僕の心の隙間に空しさが忍び込んでくると、君が心に浮び上ってくるのです。

すると僕は一人思う、君は今何をしているかなと。

最近街を歩くと、よく君に似た人を見出す。また集会で君の面影を探している。

こう書いてきて、某作家の文言を思い出した。

「特定の人を今どうしているかなと思い始めた時、その人に似た人を探し始めた時、彼または彼女は恋を始めたのだ」

僕は近頃痛感するのですが、人生で最も不思議で、面白い事は、『出会い』ではなかろうか……。

「人と出会う、本と出会う、風景と出会う」

今後の人生でどんな出会いが待っているか、想像するとドキドキする。

雪夫はついに彼の天使に出会いました。

浄土ヶ浜で出会いました。

卒論発表が三月二十日にあります。その後、研究室の慰安旅行で日光を見物し、鬼怒川温泉に宿泊します。

その際、足を延ばして仙台に貴方に会いに行くつもりです。

その折はよろしくお願いします。

ではお元気で、さようなら

水沢雪夫

松尾妙子様

＊

折返し受け取った妙子からの手紙は唐突な冒頭で始まっていた。

『主の聖命を讃美します』
こちらこそご無沙汰致してごめんなさい。
仙台は今日一日中吹雪でしたが、東京はいかがでしたか？
お手紙ありがとう御座いました。卒論ご苦労さまでした。心より御祝い申し上げます。
私、貴方の〝出会い〟という言葉に深く考えさせられました。
本当に人生は出会いの連続ですね。

まず両親と出会う。長ずるに、師・友・恋人あるいは配偶者と出会う。また本・風景とも出会う。

やはり中でも人との出会いが一番影響力が大きいでしょうか……。

でも私の今までの人生で、最高の出会いは人ではありません。

それは……、イエス様との出会いです!!

貴方が私を想って下さること、嬉しく思います。また恥ずかしくもあります。

貴方は離れて遠くで想うので美しく感じるのでしょう。

私、現実において決して天使ではありません。

貴方は何かの折に空しさを感じるとお書きになりましたが、人の心を本当に潤し満たしてくれるものは、一体何なのでしょうね?

それは、「神の愛に生き永遠の生命を得ること」、聖書にはそう記されていいます。

聖書で私の好きな言葉に、

「天地は過ぎゆかん。然れど我が言は過ぎゆくことなし。汝、心を尽し、精神を尽し、思いを尽して、主なる汝の神を愛すべし」があります。

私、もう一度心を新たにし、幼子の様に、単純に、純粋に信じ、主と共にいる生活を過したいと思います。

先週の日曜日、会社のお友達と蔵王の樹氷を見に行ってきました。

東北にいながらスキーは全然ダメ、冬山も初めてなんです。

今やシーズンとあって大変な混雑でした。

雪山をサクサク登るのは辛かったけれど、地蔵岳の頂上は格別に素晴らしかったです。

青い空に白い樹氷、眩しく明るいコントラストがとても印象的でした。

様々な形の樹氷は、いつのまにか私達をお伽の国へと誘《いざな》っていました。

あの純白な雪の白さ!!

私の愛の色は、あの白さでありたい……、一人秘かに思いました。

貴方もいつの日にか、訪れてみると良いですね。

窓打つ北風も静まり、ガラス戸の揺れる音が微かにします。明日もきっと冷えることでしょう。

仙台にお出になる際は、お知らせ下さいね。

ではお元気で、さようなら。

松尾妙子

水沢雪夫様

雪夫はまだ止まぬ小雨をぼんやり眺めながら、彼の偶像と化している東北の特大なコケシ人形を、遠く思い浮かべる。コケシの木肌は透明ですべすべして、キメが細かく、妙子を想わせる。コケシの背中には、『祝・御就職・たえこ』と金文字がある。

＊

雪夫は卒論の慰安旅行の際、足を延ばして仙台へ妙子に会いに行った。三たびの出会いの際、妙子から就職祝に特大のコケシ人形を頂いた。会社から疲れて帰宅すると、コケシを抱き、頬ずりし、口づけさえもした。そんな雪夫が僅かな有給休暇を取り、丁度一年を期して妙子に会いに行ったのは、当然の成り行きであった。

昨日午後五時半に、仙台駅に到着した雪夫は、出迎えた妙子と久し振りの再会を喜び、二人で仙台の夜の七夕まつりを見物した。

雪夫は人混みに身を委ねながら、今こうして七夕の豪華な飾りを見物しているのを不思議に感じた。昨年初めて仙台駅に降り立った時、翌年の同じ日に再び仙台を訪れようとは、夢想だにしなかった。

ふと前を歩く妙子を見知らぬ女だと感じた。すると一層、今自分が仙台の七夕まつりで、街を歩く群衆の中で、夜空に浮かぶ極彩色の短冊を眺めているのは、「何かの因縁」かと思われた。

「この風景との出会いが、彼の人生でどんな意味を持つか」、雪夫は知らない。だが彼が、「昔を回想する年代に達した時、必ず出現する一場面」、であることは知り尽していた。

　歩き疲れた二人は、街角の小さな喫茶店に入った。坐ると妙子が口火を切った。

「もう会社のお仕事には慣れまして？」

「ええ、学校と同じ有機合成に関してですから。貴方は相変らず忙しいのでしょう？」

「あの……、私、証券会社を退職したの。今、図書館で働いています」

「え！　そうなの。どうしたんですか？」

　雪夫は驚いて尋ねた。

「点字を習う時間が欲しかったの。今習得中ですわ」

「そうなんですか。会社を辞めるの勇気を要したでしょう」

「お給料は随分減ったわ。でも何か意義ある事をしたかったの」

「それで点字に生きがいを見出したの？」

「そうなんです。盲人の方々のお役に立ちたいの。私、生涯続けます」

いつになく妙子は力強く言った。

雪夫は昨夜の喫茶店での会話を思い返した。あの時、妙子は凛とした威厳を漂わせていた。

明日午後三時に、駅前ホテルで会う約束をして昨夜は別れた。雪夫は許婚になることを申し込む予定だった。だが昨夜の会話で二人の間に存在する溝に気付き始めた。妙子の純粋性に付いていけないと思い始めた。

妙子は三月に雪夫からの手紙で、彼の甘さを見抜いていた。『天使』を求めるという語句に、ロマンチストの典型をみた。明日こそは、憧れている彼の存在を告白しようと思い始めた。

雪夫は奉仕の精神の美しさに感銘していたが、自分が実行しようとまでは思わなかった。腕時計を見ると僅かに三時を過ぎていた。雪夫は慌ててホテル入口を眺めた。人だかりでよく見えず、急いで来てみたが妙子はまだいなかった。

雪夫は、今日が妙子と会う最後の日になると、薄々感じていた。

妙子は、黄色のワンピースを風に翻させて、駅前ホテルに向って急いでいた。

今日こそ盲学校の先生である彼の存在を、告白しようと思いながら……。

最後に会ったあの燃える様な夏の日から半年後、年の瀬に妙子に電話してみた。

電話に出たのは母親だった。

「もしもし、お久し振りです。水沢です。妙子さんをお願いします」

「あら水沢さん！　久し振りね。妙子は先月、箱根近くの私鉄沿線の町に嫁に行きました」

「え！　そうなんですか……」

その返答を聞き、驚きでそれしか言えなかった。そんなに早く妙子の結婚話が進むとは、全く予想外だった。

母親とは三月に仙台へ妙子に会いに行った時、彼女の家で会っていた。

母親も何かを感じた様で
「水沢さんから全然連絡がないので……」

「いやー、チョット事情がありまして……」

妙子も盲学校の先生と雪夫で迷っていたのか？　そして雪夫も、妙子との結婚には迷っていた。半年ほど冷却期間を置くつもりで、雪夫は連絡しなかったのだ。

妙子は自分から迫るタイプではない。奥手のゆかしい、古風な天使だ。

妙子は早く決断したかったのか？

沈黙が少しの間流れた。

「そうですか。では失礼します」

雪夫は、何も訊かず、訊けずに電話を切った。

第二章　妻との出会い

さて、次に良子との出会いを回想した。

雪夫二十七歳の時、都心の新宿にいた。妙子との別れから四年ほど経過していた。雪夫が良子と出会ったのは、新宿で催された英会話サークルにおいてだった。そのサークルは新聞で知った。雪夫は英会話（米会話）に関心があった。人生において、外国はぜひ訪れてみたいと熱望した。それには万国共通語の英語は必須である。スマホなど夢のまた夢であった。会は個人のおじさんが運営していた。入会金はなくチケット制であった。初めに十枚綴りのチケットを購入して、出席の度毎に一枚出すシステムだった。正式の英会話学校に比べ、安価で手軽だった。講師は基本ネイティブで、時にアジア系の人もいた。初級は講義で、中・上級は自由討論だった。主に都心の公民館で催された。終了後に有志の会員は、主に新宿で、稀に渋谷で、お茶会をしていた。適当な喫茶店・レストランなどで一、二時間談笑するのだ。

ある程度英会話ができた男性会員は常連だった。女性会員の常連さんは多くはなかった。女性会員の新陳代謝が激しかった。可愛い娘が次々に入会した。それで雪夫は英会話目的が、次第にナンパ目的へと移行した。スチュワーデスや秘書志望の娘は狙い目だった。だが彼女らは、成功率は低かった。意外にも教師や看護婦も結構いた。

雪夫は目星しい娘を、次々とナンパしてデートした。普通に散歩や食事をした。その内それでは物足りなくなった。やがてこれはと思う娘に的を絞り、その娘は同伴喫茶に誘った。同伴喫茶は薄暗く、ベンチの高い背に囲まれていて、キスができる。

雪夫はここで初キスを体験した。今の若者に比べて全くの奥手であった。二十歳もかなり過ぎての初キスである。「同伴喫茶では過激なことはできない」雪夫はそう思っていたが、過激な行為をする者もいたらしい。

親しい男性会員もできた。T君と英会話内での第二グループを作った。彼とつるんで女性達に声をかけた。モデル、先生、看護婦、などと軽く交遊した。

小柄な可愛い娘がいた。モデルをしていると言った。早速に誘った。

「ねえ、なんのモデルしてるの？」

「大型カーショップのモデルです」

「自動車会社ではないの？」

「販売店との契約です」

チョット可愛いのでドライブに誘った。

「カーショップのモデルなら車は好きでしょ」

「ええ、好きです」

「僕の車、国産の中古だけどドライブに行かない」

「いいわよ。横浜方面に行きたいわ」

「どこで待合せる？」

「私、世田谷だから、東名高速に出やすいので高速の入口付近で」

何日か後、待合せて横浜に行った。

山下公園などで遊んだ。雪夫は慎重運転のタイプだった。帰りに少し渋滞した。彼女は助手席で寝てしまった。可愛いので、どこか脇にでも入って、キスして……などと思ったができなかった。朝の地点まで来ると、

「祖母の別荘が大磯にあるので行く？」

と聞いてきた。

思うに、途中から目覚めていたのではないか？

「そうね、色々と忙しいから、こちらから連絡するよ」

結局、それっきりになった。

それからしばらく後、良子が入会した。彼女が目立った点は、まずいい男を連れていた、英語が結構できた、どこか妙子の雰囲気を香らせていた。次週に帰りに良子が一人で歩いていた。チャンスだ、早速話し掛けた。

「貴方この前、いけてる男を連れてたでしょ。あれは彼氏？」

「ああ、彼は従兄よ。様子を見に一緒に来ただけよ」

返事を聞いてひと安心した。新宿駅に着いて

「貴方はどこまで？　僕は巣鴨だけど」

「え！　私も巣鴨です」

雪夫も良子も何か因縁を感じた。この地区だと都立高校の学区が同じだ。

「失礼ですけど高校はどこ？」

「チョット内緒です」

「僕は北園高校です」

実は良子は北園を失敗して下位高に回された。それで雪夫を見直した。巣鴨駅で下車して
「これからどちらまで？　僕は地下鉄で西巣鴨だけど」

「え！　私も地下鉄で志村まで」

一緒に地下鉄に乗り換えた。

次駅の西巣鴨に近づいた時
「降りてお茶しません？」

「いいですわ、喜んで」

一時間ほどお茶して、西巣鴨駅までエスコートした。これが二人の接近の始まりだ。

まずドライブに誘った。各所に行った。遠くは埼玉県の、『平林寺』を、近くは駒込にある名所、『六義園』を訪れた。埼玉と東京の県境にある、秋ヶ瀬公園を訪れた時だ。周囲は静かで、人の気配がなかった。公園の片隅に駐車して、寒いので車内で話をした。

なんとなくムードでキスをした。抱き合い、雪夫はこの際だと良子を静かに押し倒した。

着衣のまま、ゆっくりと良子の上に重なった。

雪夫が得意の卓球を、あの学友O君と良子の会社の同僚との四人でやった。英語通訳ガイド試験を一緒に受けて、共に落ちた。少し結婚を意識し出した。良子の身辺調査をした。

「谷さんはどちらにお勤めですか？」

「私、××銀行です」

「知っていますよ。主に外国為替を取扱っていますね」

「はい、でもその前は大阪万博で××館のコンパニオンでした」

「ほう。僕も万博は行きました。××館は大人気で見れませんでした」

雪夫は会場内で見掛けた、素敵なコンパニオン達を思い浮べた。良子は雪夫を好ましく思っていたので

「その時の写真見ますか？」

「ぜひ見せて！」

コンパニオン制服姿の良子は、一層可愛かった。制服の上・下紅白のコントラストと、スカートからキレイに伸びた脚が目に焼き付いた。

良子も雪夫に探りを入れた。

「水沢さんはどちらにお勤めですか?」

「科技庁傘下の科学技術情報法人です」

「なんか凄そうな所ですね」

「まぁー。給与もキャリアと同じです」

良子は準公務員で安定しており、給料も悪くないので、結婚相手のリストに入れた。

妙子の時は民間化学会社に勤務していた。雪夫は最初の就職先から、約三年で転職した。転職の理由は、化学研究一筋には向いていなかった。政治経済や女性に関心があった。それらが理由だった。

そんな折、新聞広告で科技庁傘下の法人が、技術系事務職員を求めていた。これだ、と思い早速応募して、幸いに採用された。かなりの競争率であった様だ。法人での仕事は役職名が、『科学技術情報員』、だ。情報員などと称するが研究者の様な仕事である。具体的には各専門分野における、学術論文の文献検索のための処理をする。更にいうと、論文を読み、その論文を検索するのに必須のキーワードを論文に付与する。また最適な分類コードも付与する。

通常、キーワードは数個を、分類コードは一つ付与する。分類コードは当法人の作成による独自のものだ。またキーワードも、大型コンピュータに記憶させた辞書（シソーラス、用語に階層関係があり）にあらねばいけない。ないとヒットできない。ちなみに全科学技術分野のシソーラスを、日本で初めて作成したのは当法人である。

情報員である雪夫は一役を果している。シソーラスでは、用語に階層関係を付けるのが肝心である。例えば、東京・関東・日本・アジアという用語があるとする。各用語は、上位語（B・Tブロード・ターム）と下位語（N・Tナロウ・ターム）との関係がある。その関係を付けておく。

従ってシソーラスを作成する時は、採用した用語（ディスクリプタ）を十分検討して、階層関係がある場合は、必ずBT及びNTとして記述する。その文献にとってさほど重要でないキーワードを付与すると、余計な文献になりノイズとなる。キーワード付与は、必須なものを必要最小限で付与するのが肝心である。これらを習得して、自分の割り当て分の文献処理をする。

また、それだけでは処理できないので、下請けに文献処理を依頼する。その返品ゲラのチェック、外部情報員への指導、などもする。

抄録作成者の発掘も必要で、色々と忙しい。シソーラスの改訂に備え、新規用語も記録しておく。文献は主に英文だが、和文もある。論文にある要約・抄録は大いに利用して、効率化を計る。

この技術情報員として最初に配属された、情報部化学部門で約十年勤めた。次に配属された、情報部生化学部門でも約十年勤めた。知らない知見、解らない事柄も多々あり、日々新鮮であった。重要な事、解らない事は、備え付けの辞典・学術書などで調べた。必要な本は注文購入した。また詳しい他の情報員に聞いたりもした。情報部情報員はチョット目立った。殆どの理系分野の専門家がいた。薬剤師資格のある者もいた。さすがに医学専攻はいなかった。
一、二の法人内の娘に目を付けられた。ある娘にはこう迫られた。
「どこにでも好きな所に連れていって」

その娘は雪夫が見込みないと知ると、さっさと阪大出に乗り換えた。そして優秀なその男を自慢の胸でゲットした。

また京大名門の素粒子学出身の者がいた。彼は所内の平凡な女性と結婚した。雪夫は結局良子と結婚した。

英会話サークル関連で、チョットした事があった。それは雪夫が一度ならず、二、三度デートした某中学教師についてだ。良子とのデート中に、その女教師と出会った。日比野公園でだった。彼女も同じサークルの男性会員とデート中だった。即ち四人が皆顔見知りで、気まずく互いに苦笑して一言も発せずに別れた。

新婚生活は千葉市内の、分譲公団住宅の二階で始まった。二人は、特に雪夫は、アメリカ西海岸の旅を念願していた。新婚旅行としてその旅を選んだ。二人の英語力を活かした、準バックパッカーの旅である。往復の航空券だけ購入した。

旅の出だしから驚かされた。二人は羽田からハワイ経由のロス行きに乗り込んだ。韓国の航空会社であったが、さして気にも留めなかった。離陸後数分して、機体が水平になると早速に機内放送があった。韓国語・英語・最後に日本語の順で放送された。

「当機はソウルに向っています。ソウル到着は××時を予定しています」と告げた。

〝ハワイとは逆の方向に飛行している〟。雪夫と良子はびっくり仰天した。だが良子が先に気付いた。

「これ韓国の航空会社でしょ。だからソウルを起点にして運航しているのよ」

あやうくスチュワーデスを呼ぶところだった。大恥をかかずに済んだ。ハワイは復路で寄ることにして、ハワイでは空港内で待機してロスに向った。ロスに到着したのは夜ふけだった。前もって調べておいた、メイフラワーホテルに電話して宿を確保した。次の日から西海岸の旅の始まりだ。移動は犬印のグレイハウンドバスによった。ロス・シスコ・サンディエゴの三大都市を中心に巡った。

宿確保や行先照会の英語は何なく話せたが、むしろヒアリングの方が断然難しかった。返答が相当なスピードで返ってくるので、半分ほども解らない。もう少しゆっくりとお願いしても半分がやっとだ。何故か黒人の方が早口である。最初のロスのホテルは立派だった。次からはモーテルに宿泊した。あるモーテルでは、子供に「チャイニーズ」と言われた。

アナハイムで目的のテーマパークを訪れた。日本には未だそのテーマパークはなかった。後に浦安にできた。

宿から徒歩で三十分ほどの場所だった。楽しく遊んだが、帰りに道に迷った。ホテルでないので名前も解らず、訊く人もいずで困った。一時間余はさ迷った。周囲が段々暗くなり、怖くなり焦った。シスコでは有名な市電に乗車した。

日本ではやらないイタズラをした。ロスからシスコに向かう途中だったか、フレジノという所でバス休憩をした。その際トイレを使用した。トイレに雪夫の名前・日付・東京よりと刻印した。

それは小さな事で、良子の失踪が起きたのは、メキシコとの国境でのアメリカ税関でだった。良子が知らない外国人の小父さんに、話し掛けられて姿を消した。雪夫は良子が未知の男と話しているのは見たが、数分後に見ると二人は姿を消していた。慌てて良子を探した。税関中を探した。やっとぼんやりと突立っている良子を発見した。

「何してるんだよ。必死に探したんだぞ！」

雪夫の剣幕に、

「珍しい物を見せるからここで待ちなさいと言われた」

と言い訳をした。遠くから値踏みされているかもと考え、

「お前油断してると変な所に連れて行かれるぞ」

雪夫はつい怒鳴った。

チョット待ったが男は現れず、早くこの場を立ち去った方が無難、と判断してその場を去った。

メキシコの国境の町、「ティフアナ」はなんの変哲もない寂れた町だった。酒場が多いのが目についた。帰路ハワイで五日間ほど過した。初日は観光名所を巡り、二日目にはバスでオアフ島を約一周した。

ワイキキの反対側の海には、殆ど人がいなかった。静かで海の色も青く輝いていた。そこから少し下がったポリネシア文化センターでも、日本人は見掛けなかった。

ハワイ大学の訪問も記憶に強く残る。雪夫は良子に言った。

「俺、ぜひハワイ大学を訪問したいんだ」

「私は興味ないわ。お土産物を買いに行くわ」

「ハワイ大にいつか留学してみたいんだ」

「では今日は半日、別行動ね」

そんな次第でハワイ大学には、一人でタクシーで行った。

ちなみに、後に雪夫はハワイ大学への公費留学試験を、法人から受けることになった。法人から〝国家公務員の官費留学〟の枠で受験した。トーフルの点数が基準はクリアしたが冴えずに、結果失敗だった。受ける気になったのは先年、後輩の女性情報部情報員がこれに合格して、ハワイ大に留学していた。彼女は顔見知りの教育大出だった。つい俺にもできそうだと思った。

それはさておき、ハワイ大に着きタクシーを降り、守衛所で図書館の場所を訊いた。その時に、図書館の英単語をど忘れした。一瞬詰ったが、本がたくさんある所、本や雑誌を読む所、静かに勉強する所、などと説明した。

守衛さんが、「オー、ライブラリー」と大声を出した。

図書室に行くのにエレベータに乗った。目的の階に着いて停止したが、ドアが開かない。待っていても閉じたままだ。焦って室内の前面を見ると、オープンとの英文字が光っていた。それを押すとドアが開いた。

一人静かに英文の本・雑誌を読んでいると、留学している気分が味わえた。半日間の留学だった。

帰りは大学近くのバス停から、海の見えないホテルに戻った。海が見えないホテルは格段に宿泊料金が安かった。

二度目のハワイ訪問は定年後であった。その時はダイヤモンドヘッドにも登る道が開発されていた。

雪夫がその法人で経験した情報部情報員の他で、特色ある仕事がもう一つあった。それは資料部情報員の仕事だった。やはり化学・生化学・薬学に関する日本の研究課題についてだ。具体的にいうと、化学系の日本の主な研究機関に対しアンケート調査をする。現在進行中の研究テーマを書いて頂くのだ。その際、研究テーマの英文表題もなるべく書いて頂く。もし英文表題がなければ、当法人で作成して付与する。その仕事は外注する。

その仕事の専任依頼先が、先述のハワイ大に留学したOさんである。Oさんとは顔見知りの間柄であった。資料部に移動になり、その仕事の責任者になった。それで早速彼女に連絡した。

彼女は既に外務省を退職後、結婚して家にいた。

「もしもし、Oさんですか。私××法人の水沢です。今度資料部情報員になりました。例の英文表題の仕事ですがよろしくお願いします」

「あー、水沢さん。久し振りですね。こちらこそよろしくお願いします」という次第であった。

この調査結果は貴重な資料として、一般に公開発刊される。

科技庁との協催であるから、挨拶と打合せで霞ヶ関に出向いた。

担当者はキャリアで、初回は上司と行った。上司はどこかへり下った態度だった。この時は公用車を使った。キャリアの担当者は、雪夫に対し上から目線であった。科技庁には数回行った。霞ヶ関の建物内は思いの外、重厚な風情であった。局長や審議官クラスは個室だった。キャリア組が個室を目指す雰囲気が、建物内に漂っている、と雪夫は感じた。

雪夫の法人での出世の近道は、予算担当を経験することだ。企画室では予算を編成し、予算決定時期には大蔵省（財務省）の呼出しに備え、徹夜で待機する。技術系では地方に数ヶ所ある支所に勤務すると有利だ。更に海外のニューヨークとパリにある支所に勤務するとよい。

胃弱であまり無理がきかず、それでなくても面倒な転勤は嫌いな雪夫だった。観光で行くのは歓迎だが、住むのは望まぬ我ままだった。地方勤務を打診された時、即座に断わってしまった。出世はあきらめた。

昇進のすごい抜け道があった。雪夫にはとてもできない方法だ。この際言ってしまうが、組合活動をするのだ。それも精力的にやる。労働組合の委員長になり活躍する。組合委員長の時、裏で法人側とどんな交渉をしたかは知らないが、組合委員長を辞めた後に出世して理事になった人もいた。一人ならず二人いた。理事と、その他の管理職では雲泥の差だ。法人で理事は、理事長も含めて六人いた。

内部からの登用理事は一人で、原則の任期は二年だった。理事待遇の詳細はもちろん知らない。雪夫の推測では年収千五百万円前後だと思われる。

理事には個室があり、共有の秘書がおり、公用車もあった。公用車は職員も空車の時は、必要なら利用できた。

雪夫は四十代の終わり頃、神経性胃炎になりよく休んだ。元来胃腸が弱かった。元首相で胃腸の病に苦しんだ人がいたが、その点では大いに同情できた。従って管理職手当は頂いたことがない。情報員手当はもちろん頂いた。

サラリーマンの給与の壁である年収一千万円は、五十歳を過ぎての数年間だけ越えた。

習作で書いた、「昔を想う年代に達した時、必ず出現する場面」として、「注文住宅の完成場面」、を思い浮べた。現在も住んでいる家である。

二人の子供が高校生と中学生になり個室を欲しがった。それで転居を考えた。上が男で下が女である。

雪夫は家庭教師の経験は色々あったが、我が子は駄目であった。互いの感情がぶつかり合い、すぐに険悪な空気になった。早々に子供の家庭教師は止めた。

家探しはかなりした。居住団地近くの千葉市内から、船橋・柏付近まで探した。更には埼玉県の所沢付近までも足を延ばした。なかなか見つからず、結局居住している団地から徒歩十五分ほどの場所に、土地を見つけて家を建てた。

良子が丁度パートで、大手不動産会社で働いていた。その関連の建築業者に依頼した。

完成時には両方の親が来た。また良子のパート先の人も、その建築業者も、一緒に完成祝いの夕食に招待した。バブル期で結構な金額を要した。土地の広さ四十坪弱、建物面積約三十坪強（百二十平米）の二階建て四ＬＤＫであった。五千万円をオーバーした!!　住んでいた公団住宅を売却したが、もちろん足りずローンを組んだ。

そこでお金の工面より、かねて懸案の株取引を開始した。当時は電話による株取引だ。パソコンによる優れた取引に比べ、格段に不便で手数料も十倍近かった。日経平均が三万八千円にも上昇した。初心者でもリスキーな信用取引などせずとも、満足できる結果を出せた。利確を第一に考えたのが良かった。

株取引は雪夫に合っていた。決断力と判断力が重要となる。早指し将棋にどこか似ていた。

まず用語・基本手法・定石などをマスターする。大局観を、大きな経済の流れをつかむ。チャートや新聞・雑誌をよく読んで、株価の流れを考える。これを面倒と思うか、苦にならず頭の体操と思うか、で向き不向きが解る。株は自己決定・自己責任である。

雪夫は二つの株格言が好きで、心に留めている。

「頭と尻尾はくれてやれ」

「人の行く裏に道あり花の山」

必ず起こる、急落・暴落にも落着いて対処する。雪夫は喜寿を越え、傘寿を迎えても、インターネット株取引を続けるつもりだ。和製ウォレン・バフェットを気取る心意気である。

株関係ではその昔、定年近くに書いた株取引体験記で、某有名株雑誌で優秀賞を得たことがあった。株取引では買いも難しいが、売りが勝負である。『株の売り方』とある化学法則を結びつけて、安易に損切りせず耐える重要性を説いたのが良かったのか……。

雪夫が回想を続けていると

「まだ終わらないの。いい加減もう片付けなさい」

尖った良子の声がした。

「わかったよ。もう終わりにするよ」

雪夫は回想を止めて片付けをした。

コロナ禍で不要不急の外出禁止が言われているが、雪夫はあまり気にしていない。

彼は風邪を滅多にひかず、インフルエンザも患ったことがない。予防接種をしないにも拘らず。胃腸が弱く体格は貧弱だが、免疫力は強いのだろうか。

とにかく胃腸の調子さえ良ければ、身体を動かすのは嫌いではなく、運動神経も悪くはない。

雪夫は学生時代に二年間ほど、卓球部に所属していた。法人勤務の若い頃、昼の休憩時間によく卓球をした。女子に指導の上手さで人気だった。自ら言うのもなんだが、卓球も勉強も教え上手だ。適度にできるのが良いのだろう。

「名選手かならずしも名コーチならず」といわれる。あまりにできる人はかえってツボが解らない。スポーツに限らず学問の分野でもいえる。立派な学者の講義が、必ずしも解り易いとは限らない。教えるのと研究するのは別な事である。

雪夫はコロナ禍の規制が緩和すると、常宿にしている鬼怒川温泉のO荘に早速出向いた。O荘は安価で、東京近辺の各地よりホテル直行のバスが出ている。ある旅行会社が近東北に展開する宿の一つだ。

O旅行グループは、日光・塩原・草津などの有名温泉地に宿泊施設をいくつか所有している。定年後、雪夫は良子と二人でOグループの宿は殆ど制覇した。近頃同様な旅行グループとしてIグループが現われた。最近では雪夫は一人で、こちらをよく利用している。

第三章　光子との出会い

雪夫は鬼怒川温泉の常宿に来ている。コロナパンデミックが騒がれ出して、三回目の滞在である。定年前後の事などを回想するのに、一人でゆっくり思われる場所だ。

このＯ荘は河岸に建っており、五階の部屋の窓から椅子に坐って、鬼怒川の流れを見下ろせた。雪夫は河の流れを眺めていると、何故か心が休まった。

「ゆく河の流れは絶えずして、しかも元の水にあらず」

人の営みは絶えることなく続くが、人は元の人ではない。

ある旧家を訪れた時、歴代当主の肖像画が、ズラリと十枚ほど壁に掲げられていた。その顔を順次見ていくと、時の流れと移りゆく人々を強く感じたものだった。定年前後の事を思い浮べた。定年が迫りさてどうするか？

定年後は下請け会社で、技術情報員と同様の仕事をする道があり、そうする人も相当数いた。しかし同じ仕事内容で、報酬は半分に満たなかった。

株取引で資産運用には自信があり、退職金は家のローンが終了していたので丸々残った。今ほどデフレでなく、三千万円近い金額が出た。そこで再就職せず好きな外国旅行を開始した。まず最も近い外国……韓国に行った。

これは妻の良子が韓国ドラマ好きで、「私、韓国に行きたい」と言うので従った。韓国は良子と一緒に、ソウルを中心にと、プサンを中心に、最後にチェジュ島に各一回行った。韓ドラではよく宮殿のシーンが出てくるが、それを見る度に訪れた宮殿が思い起こされる。

韓国の「朝がゆ」もおいしかった。

またチェジュ島では、初めて『キジの肉』を食べた。淡白な味だった。

中国も上海に二度、北京に一度行った。上海では留園と上海博物館が印象に残っている。上海博物館では王家の遺品を売りすすめられた。高価なのでもちろん買わなかったが、同じグループの人で約七〇万円のタンスを買った人がいたのに驚かされた。上海から杭州の西湖までバスで行った。とても長い道のりだった。

二度目に上海に行った時は、上海の近郊の都市も訪れた。田舎では便所がまだ汲み取り式であった。

北京では、万里の長城と天安門広場が思い出深い。万里の長城は、人工衛星からもその存在が解るといわれる。

北京に行った際、西安まで足を延ばした。北京から約二時間のフライトである。西安といえば、兵馬俑だ。人・馬の土製人形である。雪夫はまだ在職中の時、団体ツアーに参加して訪れていた。その時に比べ、あまりの変り様であった。粗末な建物が立派になり、説明の動画が流れ音声が鳴り響いていた。

その頃は、両国とも反日感情は殆ど話題に上らなかった。

香港・マカオの旅も思い出が強い。香港は、結婚してすぐの頃に、一人でツアーに参加して訪れていた。その頃は空港が町の中にあり、大変危険に感じた。良子と訪れた時は、空港は海寄りの広く開けた場所に移転していた。夜にネオンがキラキラと輝いているのは変わらなかった。百万ドルの夜景は健在だった。

「中国本土に行くと香港人は大モテだ」

香港人の男性ガイドは得意気に話した。本土の女は香港男と結婚し、香港で自由な生活を楽しみたいのだ。習近平の香港を中国に帰属させる宣言でそれもなくなった。

中国政府の、というより習近平の強権ぶりは近年ヒドイと言う他はない。南シナ海での強欲ぶりは問答無用とばかり、海上軍用基地を増設した。尖閣諸島での中国船の度重なる出没は日常化している。

雪夫は内心では、無理して中国船の出没を阻止しなくてもと思う。しかし中国側は阻止しないと既成事実化するので、阻止は必要だ。これも結局は習近平の実績づくりの一環か、あるいは権力者はそうせざるをえないのか。社会主義も独裁者を生むのが欠点だ。

マカオはあの焼け残った聖門とカジノが有名である。聖門に行くのに、前回と違って門の裏側からだったので、ふいに門が現われた時はびっくりした。カジノ場には二時間ほど立寄った。スロットは前にしたので、主にルーレットをやった。ルーレットの賭け方は、二倍から三十六倍まで色々ある。詳細は省略する。

マカオのルーレット賭博といえば、某一流製紙会社の二代目社長の話がある。彼はこれにのめり込み、会社の公金百億円ほど溶かして話題になった。刑務所に数年いたようだ。

雪夫は五千円ほどで止めておいた。無料のジュースが高くついた。

タイは、雪夫の好きな作家三島由紀夫が訪れた「暁の寺」がある。タイへのツアーに参加した際、参加者は四組で八人だけであった。今でもその組と構成人は記憶している。夫婦組が二組、親子組、愛人組の取り合せだった。夫婦組は、小柄組が雪夫と良子、大柄組は小柄組と同年代で二人とも真面目そう、親子組は老母親としっかり娘、愛人組は小企業社長とその愛人であった。社長は小肥で、愛人はコケティッシュだった。人数が少ないので、食事時間にお互いに話し合った。

最終日の夜に、ガイドがニューハーフのエロ美しいショーの見物を提示した。愛人組は当然参加、親子組はもちろん不参加、ここまで雪夫の推測通りであった。

夫婦組はどうかというと、大柄組は夫婦そろって参加と言った。問題は小柄組である。

「面白いから参加しよう」

「私、否よ、参加しないわ」

「ねえ、この際だから参加しようよ」

「否よ、絶対に」

「こんな機会もうないよ」

「そんなに参加したければ、一人で行けば」

まさか一人で参加したら、この後旅は台無しだ。雪夫がチラッとその愛人を盗み見ると、愛人もチラッと雪夫を見て、軽くウインクした。

後で愛人にそっと訊いた。

「ショーどうでした？」

「良かったわよ。来れば良かったのに」

突き放した口調で答えた。あのウインクは幻のものとなった。

タイのバンコクの宿舎は、離れて二部屋ある高層・高級ホテルだった。

「このホテルならスワップも可能だ」

雪夫はよからぬ妄想を抱いていた。

妻との海外旅行で最も良かったのは、イタリア一周の旅である。見所が満載であった。ミラノの古城・ピサの斜塔・ベネチア広場・ポンペイの遺跡等々。特に映画、『ローマの休日』を二人とも鑑賞していた。その聖地巡礼も体験できた。トレビの泉で後向きでコインを投げ、スペイン広場でジェラートを舐め、真実の口に手を入れて、雪夫はおどけた。

良子も映画を観て知っているので

「馬鹿なマネはよしなさい」

驚くどころか小言を言った。オードリー・ヘップバーンとグレゴリー・ペック組とは雲泥の差だ。

先頃テレビで、『ローマの休日』を再放送した。雪夫は懐しく思い出し、観ていて泣き出しそうになった。

昔から遺跡に興味のある雪夫は、万里の長城に行ったので、ピラミッドにも行きたかった。それでエジプト・トルコのツアーに参加した。良子は遺跡にそれほど関心がなく不参加だ。

カイロにあるギザの三大ピラミッドの一つに入った。入口は狭いが、中は思いの外広かった。開放感すら覚えた。ピラミッドは砂漠地帯にあるが、カイロの町の中から間近に見える。町の中から、古代建造物のピラミッドを間近に見るのは、不思議な感覚だった。エジプト考古学博物館にも行った。そこには、ツタンカーメンの黄金像があった。

カイロからトルコのイスタンブールまで、約二時間のフライトだった。トルコはバスで一周した。トルコの田舎は、殆どの家がトタン屋根の荒家だった。初めて転居した滝野川の家を思い出した。

イスタンブールではモスクの中に入った。現地の人が、入口付近で雪夫がためらっていると、「オーケー」、と手でモスクの中を示した。モスクの中では、一層天井を高く感じた。ステンドグラスの窓が美しかった。カッパドキアの奇岩群も、特徴的風景だった。自然の地形を利用した地下の家を、地下の通路を通じて探訪した。

カッパドキアで宿泊した洞窟ホテルは、日本のT社製のテレビだった。トルコは親日的といわれるが、イスタンブールの観光名所で目が合った現地少年は、雪夫に「ジャパン」と大声で呼びかけた。

かってアメリカのモーテルでは「チャイニーズ」と言われた。

フランス・スイスのツアーにも一人で参加した。フランスも見所は多い。良子は雪夫ほどには旅行好きではなかった。それでこの旅には参加しなかった。

フランスでは、ベルサイユ宮殿とエッフェル塔が印象に残る。またルーヴル美術館も訪れ、名画、『モナ・リザ』を鑑賞した。思いの外小さいのに驚かされた。その旅行では、胃腸の調子が良くなく、出されたエスカルゴが全く食べられなかった。旅費に組込まれている食事だった。

スイスに移動しても胃が万全ではなく、ユングフラウヨッホの登山は自分で止め、一人チューリッヒの市内観光をした。街を歩いていると、ふと怪しい劇場を見つけた。多分ストリップ劇場だと思い、物は試しと入場した。案の定そうだった。

出演女性も、演出も、日本と違うので数十分のつもりが、一時間以上も観てしまった。

海外旅行はその他にも、近くの東南アジアの国々を中心に訪れた。各所への旅はそれぞれに思い出があるが、列挙して記述するときりがない。

オーストラリアの旅で打ち止める。オーストラリアは一人でツアーに参加して、西海岸を訪れた。まず印象に残っているのは、コアラを抱いて記念写真を撮ったことだ。コアラは大人しくしていた。撮影料はコアラのエサ代の補助になるそうだ。コアラに負担が掛かるので、撮影は制限していると言った。

シドニーではオペラハウスを見学した。その近くで食事した。食後トイレに行こうと店員に訊いた。

「トイレはどこです？」

「この店の裏です。これで開けて」

店員は鍵を手渡した。トイレ入口付近にいた若い東洋人が

「トイレに一緒に入れて」

英語で切実そうに言ってきた。一瞬彼を見て、安全そうなので、うなずき二

人で入った。用を足し出ようとした時、

「すみません、お金貸して」彼が軽い調子で言った。

「今持ってない。俺は日本人で空手やってる」強めの口調で返した。三島の影響で一年間ほどの経験があった。

「気にしないで。ありがとう」彼は素直に出て行った。

オリンピックのマラソンコースを、バスに乗りメルボルンまで辿った。日本人の選手が女子マラソンで、金メダルを獲得したコースだ。雪夫はその女子マラソンを、テレビ中継で観ていた。メルボルンは静かな、落着いた町だった。国会議事堂を入場して見学した。

妻との海外旅行は、イタリア一周が最後だった。雪夫の一人の海外旅行は、オーストラリア西海岸が最後だった。やはり、古希を過ぎると旅行も遠出は億劫になる。

老境で旅行して印象に残っているのは、妻と行った利尻・礼文島の旅だ。良子はウニがあまり好きでないので、雪夫は喜んで彼女の分まで食べた。

妻と沖縄も訪れた。国際通りで売っていたブタの切り取られた顔が強烈だった。

一人で参加して印象に残るのは、八重山諸島への旅だ。特に水牛車で由布島に渡る観光ポスターに惹かれていたので、その体験ができて満足した。

「旅に病んで夢は枯野をかけ巡る」

病気になったら、行きたい所に夢でしか行けない。

良子との旅も終わり、遠出も億劫になった。一人旅もチェーン店の宿以外は億劫だ。さてどうしようか……。

株取引で小金は得られた。暇はあるが、将棋にもそれほど熱中できない。フィクション小説はリアリティーが感じられない。歳のためか、現実味のない話には身が入らない。さりとて、長い小説は根気が続かない。

雪夫の風俗通いが再燃した。これは出会いのある遊びだ。なかなか、これといった娘には出会わない。

光子と出会ったのは時々行く店だった。

「今度新しく入店した娘です。優しくして下さい」とマネジャーに紹介された。結構若い女の子慣れしている雪夫の目から見ても、純朴で新鮮な感じがした。この娘はいい!!　この娘を当分指命すると決めた。体型も、妙子・良子とは異なり、ムッチリ派であった。

雪夫は紳士的に振る舞った。

「君、その目可愛いね。ぶりっ娘の女子アナに似ているよ」

光子は軽くはにかんだ。

「どの辺に住んでるの？」「趣味は何？」質問したが微笑して答えはない。では
と方向転換し、自分の事を言った。

「僕の趣味は旅と株だよ」

すると株に喰い付いた。

「私も少しだけど株を持っているの」

「あーそう。光ちゃんはどんな株を保有してるの？　おじさんが特別に教えて
あげる」

「私の保有株は、優待ねらいのO社と配当ねらいのC社です」

「C社はいいよ。値がさ株のO社は個人には不向きだよ。ある程度値上りした

ら利食いしなよ」

　雪夫はそう助言した。

　数ヶ月後、光子は思い出した様に言った。

「O社の株、売ったけどまた上っているわ」

「よくある事だよ。利確が一番だ」

「次は何を買ったらよいかしら？」

「今度は低位株を買いなよ。それならナンピンもしやすいよ」

　雪夫はインターネットで株の売買を頻繁にしたが、光子は一度買うと長く保有した。

　光子は介護職で働いていた。

「僕の様に暇ではないから、株は息抜きとして考えればいいよ」

「そうするわ」

「僕が特別良い株があれば紹介するよ」雪夫は光子に繋いでおいた。

光子は古風な面があった。他の娘に比べ静かで、おしとやかな面があった。更に距離を縮めようとして、ある日雪夫は言った。

「ねえ、下の名前を教えてよ」

「ヨウコです」

「君のヨウコはどう書くの？」

「太陽の陽子」

雪夫は話題になった、『氷点』はもちろん読んでいた。陽子と聞いて、すぐにこの小説が思い浮んだ。雪夫は早速に言った。

「『氷点』という小説を知っている？　懸賞金一千万円の話題になった当選作だ

よ。主人公の名が陽子というんだ」

「どんな小説なの？」

「キリスト教でいう『人間の原罪』がテーマだ」

「具体的にはどうなの」光子は更に言った。

「身内の者を殺した犯人を許せるかどうか、これがテーマだ」雪夫は答えた。

雪夫はその文庫本を持っていた。上・下巻二冊だった。一冊ずつ貸そうと思った。

「今度その文庫版を持ってくるよ」約束して距離と絆を強めた。

光子は文学も好きだった。平凡な家庭の主婦には、それほど憧れていなかった。体型は異なるが、どこかマインドが妙子に似ていた。彼女は言った。

「私、今石原慎太郎の本読んでるの」

「僕も石原は好きだよ。小説もだが彼の思想が好きだ」

雪夫は彼と同じ様な思想だった。右派の中道という位置だった。彼との対立点は、都知事の時に都立大を目黒区の柿の木坂から、都下の八王子付近に移転した事だけだった。

古希になった頃、思い立って、都立大の跡がどうなっているかと訪れた事があった。立派な図書館と公共施設になっていた。

駒沢公園からバスで渋谷に出て帰った。バスから公園を振返り見ても、妙子の姿はもちろんなかった。

光子と出会って一年ほど経過した頃、雪夫は言った。

「今度一緒にお鮨でも食べよう。携帯の番号を教えて」

「いいわよ。0……」、と光子は告げた。

光子が番号を告げた時に、雪夫はすごい偶然を発見した。使用されている四つの数字が、ぴたりと雪夫の家の固定電話と同じだった。もちろん順番は異なる。ここで一発かました。

「この0と×××の四数字、僕の家の電話と数字が同じだよ。確率で言うと、約千分の一だよ」と声高に言った。

光子は驚いた顔で

「そうなの、約千分の一は凄いわね」小さくつぶやいた。

雪夫はこの数字に因縁を感じた。雪夫の指名は続いた。

彼女が店を移る時、雪夫は胃腸の調子が悪く、しばらく店に顔を出していなかった。光子は雪夫に架電して異動の件を告げた。

雪夫は体調が戻ると、すぐに新しい店に行き、一層親密度が増した。二人が初めてホテルに行ったのは、出会って三年以上経過していた。湯船には別々に入った。お手当は渡した。

それから半年ほど経過して、またホテルに行った。湯船には一緒に入った。お手当は渡した。

何にも考えていない時間だった。何か嫌な事がある時、光子とイチャイチャした事を思い出し心を静めた。一種の精神薬、心のドラッグだった。

コロナ禍で光子と会えない日が続いていた。それで東京での所用で外出した際に、密会を企てた。実はこの所用とは、雪夫の一室だけ所有するマンションの理事会に、理事長として出席することだった。マンションは投資用で、全室ワンルームだった。それ故、所有者は一、二人の役員しか理事会に出席しなかった。

諸事情で、雪夫は管理会社に拝み倒されて、二度目のノルマ理事長を三年も余計に務めていた。これで最後と確約させての出席だった。理事長には、四、五年ほど前から出席手当に五千円が出た。あまり歓迎しない五千円なので、光子との密会の一部費用として使っていた。だが神は密会をお許しにならなかった。良子の執念もあって、良子に密会がバレてしまった。コロナ禍は創作意欲をもたらし、浮気の漏えいをもたらした。「人間万事塞翁が馬」、の文言を思った。

一息ついて筆を置き、雪夫は部屋の窓から鬼怒川の流れを見下ろした。コロナ禍で宿は空いておりありがたいほどだった。コロナによるパンデミックは、雪夫に色々と考えさせた。

まず人は、自分の事と実感しないと真剣にならない。自分ファーストである。

よく言われるが、『総論賛成で、各論反対』である。

建前では、賛成あるいは反対するが、いざ自分の事になると往々に逆の意見になる。

例えば死刑制度についてだ。日弁連などは死刑制度に反対であるが、建前なのかと思う。実際に自分の子供なり、親なり、配偶者が殺されても犯人に寛大でいられるか。

例えば北朝鮮による拉致事件である。確かに国家の威信に関わる事件である。だが対象者はそれほど多くない。総理がわざわざ他国の大統領に依頼する事を疑問に思う。

もっと国民全体に関わる大事な案件は、少なからずある。政府の人気取りである様に思える。国民も本質的に重要な事は何か？　よく考えるべきだ。

コロナによるパンデミックも、国民意識について考えさせられた事件だった。日本人は何故かマスクにこだわった。皆さんマスク・マスクと騒いでいた。外出を必要以上に控えていた。運動不足でかえって体に悪かったりする。コロナでこれほど騒ぐなら、何故アメリカ頼みの防衛に対し騒がないのか？

雪夫がそう思っていたところ、ロシアのウクライナに対する侵攻が起こった。それで国民の防衛に対する意識も高まった。防衛費も国民総生産の2％にする論議が言われ出した。世界の首脳が、「武力での現状変更は絶対反対」との声明を出した。当り前だがよくぞ出した、絶対に守ってと強く思った。これさえ守れば少なくても戦争は起きない。

戦争ほどの悪事はこの世にない!!　どんな大義も戦争をする理由にはならない。小競り合い程度の争いなどは許容できるが、戦争はいけません。プーチンはこれを破って戦争を起こした。本当に政治は科学に比べ、あまり進歩がない様に思える。

三権分立を考えたが、これも権力により骨抜きにされる。軍事政権や独裁国家では三権分立の無視がありがちだ。

日本でも元首相が、自己の都合を優先して検事長の定年をいじった。選挙で選ばれたからといって、公務員の定年を勝手に変更してはいけない。時の政府が、高位公務員の人事権を握るのは当然ではあるが……。私情からの変更は許されないだろう。

雪夫は基本的に、天皇制には賛成である。その長い伝統と歴史は世界に稀なものである。だがかつて神聖化された歴史があり、今もタブー的な面がある。神話でカモフラージュするが、権力的に発生したことだ。この点では三島由紀夫と意見が異なる。

　とまれ世が平和でないと、文学・スポーツどころでなくなる。風俗に行ける世は、自由で平和である。節度ある、自由・平等・平和が一番望ましい。節度の程度は非常に難しい!!

　暗くなってきて鬼怒川の流れも見え難くなった。これで終わりにして温泉に入ろう。

　雪夫は椅子から立上って手ぬぐいと鍵を持ち、二階の大浴場に向った。エレベータの中で、帰りはいつものホテル発の無料バスでなく、鬼怒川温泉駅始発の特急電車に乗ろうと思いついた。

第四章　病床での人生振返り

帰りの特急は空いていた。駅で買った地方新聞を読んでいた。地方新聞は首都圏の新聞とは異なり、死亡欄のスペースが広い。市井の人々の死亡報告が、年齢・肩書などと共に多数記載されている。それを一件一件ていねいに読んで、せわしなく他人の人生を想像するのも一興である。地方に旅して、時間のある時は必ずすることだった。

雪夫は特に死亡年齢に注目して読んだ。五十代、六十代から八十代、九十代まで幅広い。人生の良し悪しは長さでは測れないと言うが、やはり五十代と八十代、九十代では違う、と雪夫は思ってしまう。これも一つの運命である。

雪夫は身近な人の死亡年齢を思ってみた。父六十八、母八十二、長兄五十二、次兄六十九、姉と雪夫は八十三、八十で在命中だ。義父百一、義母八十二、義兄八十六と八十二。義弟五十五。やはり突出しているのは、長兄五十二と義父百一である。

長兄は胃癌であった。背が一八〇センチあり、胃は元来丈夫だった。義父は小柄で雪夫より若干低い一六〇～一六二センチ位だった。若い時は胃が弱かったらしい。電気系の技術者だった。

良子は最近皮肉混じりに雪夫に言った。

「私の父と同じく、貴方も若い時体が弱かったのに、兄弟で一番長生きしてるわね」

彼女の言う通りであった。義父は九十五、六まで一人で出歩いた。元気に新宿都庁の展望室で会った時、九十は過ぎていた。

「俺は米寿まで生きればいいさ」雪夫の口ぐせだ。「もうすぐ出歩けなくなる」を言い訳にしていた。

良子は雪夫より六つ若かった。歯は全部あった。雪夫は歯が弱く、半分どころか、大方失っていた。目は良く、メガネなしで新聞が読めた。

風俗遊びする様になり、なんだか増々元気が出てきた。チョット何んか書くぞ、の山気も湧いてきた。株の方も調子がいい。良子への言い訳にある歌を持ち出した。

「やわ肌の熱き血潮に触れもみでさびしからずや道を説く君」

この歌の言う通り、やわ肌が最も安らぐ、と言い訳した。

「そんな貴方の都合のいい能書は、私には通用しません」良子は即座に却下した。

雪夫は良子に恩義を感じていた。大変苦労を掛けたのは認める。一方言い訳として、結局頑張ってどうにか定年まで勤めた。退職金もそれなりに、良子にあげた。子供も私立大に二人共出した。それは即ち、妻の子供のためになっている。

だが風俗遊びは、妻に何か償いをしないといけない。それで良子に共有の貯金を全て差し出した。

「浮気の慰謝料は、三百万から五百万円が相場らしいよ」雪夫は妻に言った。共有の預貯金は二千万円ほどあった。妻はそれで一応納得はした。しかし妻は言った。

「食事の用意は自分でしなさい」

雪夫はそれに甘んじた。幸いスーパーはすぐ近くにある。買物は嫌いではない。雪夫は、『卒婚』と言って、それを言い訳に出歩いた。スーパーでは妻に必ず何か買っている。妻には気を荒立てる事なく接している。

ほぼ私小説を書き上げて、半年もしないで息切れが始まった。歩くのに苦しかった。妻の進言で、近所で比較的大きな稲毛病院に、妻の付き添いでタクシーで行った。

軽い検査の結果は、心臓の血管が一本詰っていた。その場で急きょ遠く離れた松戸の病院に入院となった。担当医師が松戸から週一で稲毛に来ている人だった。動くと苦しいので救急車で行った。約三十～四十分掛かった。

体力の回復と綿密な検査で、手術は一週以上の後に行われた。手術前の説明では、カテーテルを腕ないし足のつけ根から挿入して、ステントを詰った血管代わりに置換すると言われた。手術は局部麻酔で行なった。雪夫の人生で初めての大きな手術である。手術台に上り観念した。横にある大きな幕に造影の結果が写し出されている。医師は静かに言った。

「これなら足のつけ根からでなく、腕からカテーテルを挿入できる」

雪夫は軽い手術になってよかったと思った。だが、カテーテルを腕の血管に入れる時は、麻酔にも拘らず相当痛かった。

思わず雪夫は
「あ！　痛い」声を出してしまった。

「少しの我慢です」医師が言った。それで少し気が紛れた。やはり患者への声掛けは大切だと思った。一時間半ほどの、全部で二時間ほどの手術だった。手術は無事に終わった。済んでしまえば、痛い所もなく、病院のベッドで暇な時間はタップリあった。

雪夫は改めて、自分の人生を物心ついた時から、走馬灯の如く振返った。誕生から初めての記憶は、疎開先の伯母の家での父の復員である。疎開していた伯母の家は、上田市に近い丸子から更にバスで三十分ほど入った寒村にあった。

伯母の家の玄関で、姉と二人で未だ見ぬ父を、兵役から復員する父を、待っている状況だ。明け方の事だった。軍服姿の父をうっすらと覚えている。母は、「お前が三歳半の頃」、と言った。

父は伯母の家がある古町で生まれた。古町とは村の名で、山の上の方が新町である。一方母は、同じ長野県の松本市郊外の村で生まれた。父と母は「父の義兄、即ち伯母の夫の紹介で知り合った」と母から聞いた。そんな事は知らない雪夫はその人を、「伯父さん」と呼んでいた。

伯父さんは養蚕の技術者だった。家の室内で蚕を飼育していた。伯母夫婦には子供はいなかった。それで小・中学生の夏休みには、しばしば訪れた。祖母も雪夫が疎開している頃は、存命中で同居していた。祖母は孫にあまり関心がなかった。特に可愛がられた思い出はない。確かお酒が好きだった。

次に記憶にあるのは、小学校入学の前年に母と共に小学校で観た映画だ。芥川原作の『蜘蛛の糸』である。映画の内容に批判的な面を思うのは、ずっと後の事であった。でも宗教的なこの映画は何か、こうした事に関心がある雪夫には因縁を感じさせる。

小学入学前の説明で鑑賞させられた。村の小学校は、村で唯一の街道に面した坂の上に建っていた。

教師で最も記憶に残る担任のM先生、馬顔で美人の新米教師だった。古町出身のM先生には少しヒイキをして頂いた。M先生の実家は、丸子に近い村のはずれの街道に面していた。東京に転居した翌年、夏休み古町に行った時に訪れて昼寝までした。

それはさておき春の運動会で、東組の二人の代表の一人に選ばれた。徒競走の事なのでこれは実力であった。秋の学芸会で、『舌切り雀』の主役のお爺さんに選ばれた。こちらは少しヒイキがあったか。でも級友からは不満の声はなかった、と思う。

後に母が、「学校で一番好評だった」と明るく言った。

伯母の家のすぐ裏を大川が流れていた。その川でカジカ釣りをして遊んだ。夜になると川音が聞こえてきた。千曲川の上流の支流だったと思う。

小学校二年の秋に、東京北区滝野川に転居した。転居の日小学校の前にバスが通り掛かった時、M先生を始め二年東組の皆んなが手を振って別れを惜しんでくれた。

母が言うには、「雪夫は滝野川生まれでない。誕生したのは文京区本郷である」

これは後に戸籍で確認した。何故、元の住所に戻らなかったのか？　実は戻れなかったのだ。

これも母が言うに、

「元の土地は朝鮮人に不法占領されていた」

戦後の混乱期である。住みついた彼らも簡単には明け渡しはしない。父が頑張ったらしいが、結局あきらめた。晩年に母は言った。

「あの本郷の土地があったらなぁ……」

水道橋に近いその約五十坪の土地は、バブルの頃には二億円を下らなかった……とか。人生には色々ある……雪夫は思った。小学生ではよく遊んだ。

ひょんな事から中学受験をした。教育大付属中への進学は失敗した。近所の公立中学から、都立の進学校に進んだ。その高校は元府立九中と言った。

一浪して都立大学工業化学科へ。大学の専攻学科を選ぶのは、結構迷った。化学は理系では一番適していると思ったが、文系にも興味があった。大学入学時は、まさか大学院に進学するとは思わなかった。「もう二年ゆっくりしよう」との思いもあり、その他の条件もあり、大学院に進んだ。大学院の二年間は「化学」と「人生」を学べた。

大学院ではアルバイトで、色々な化学の先生を経験した。塾の化学講師、医学部受験生の家庭教師、英語が苦手なN大生の、生化学を英語で学ぶ指導、小ゴム製品会社の社長の先生、社会人女性の短大受験相談と指導など。全て都立大の教務部からの紹介であった。

『教える事は学ぶ事である』と実感した。

教えるからには、こちらが事前により深く学ばないといけない。この後はこの本で大体記述した通りである。次に頭に浮んだのは人生で出会った女性達であった。小学校では米屋の娘Iさん、中学校では同じ洋服屋の娘Nさん、文房具屋の娘Yさん、高校では席が隣りでよく話をしたUさん。それ以後に出会った女性達は、この本で記述した。

やはり高校の時のUさんが、リアリティーを持って迫ってくる。小柄で可愛く、どこか妙子の香りが……、年代順では逆か、した。実は大学生になってから、Uさんに一度だけ手紙を書いた。デートの誘いだ。縁がなかったのか、彼女から指定日に会えないとの連絡が電話であった。その電話は母が受けた。雪夫はその日外出していた。彼女の家の電話番号を、母が故意に聞かなかったのは考えられる。
　この話をあの高校からの学友Ｏ君に、年月が大分経過してからした。すると
Ｏ君は言った。
「水沢もか、彼女を想った男子多かったらしいぞ。Ｕさん有名私大Ｋ大学に進
学して、ミス東京になったらしいぞ」
　そのＯ君の話を聞いた時、もっと押すべきだったかと思った。でも彼女と交
際していたら、妙子との出会いは別の物になっていた。現実に結ばれなかった
から、かえって想うのだろう。病院のベッドで妙子を想った。
　元気に回復したら、妙子が嫁いだあの町、秦野に行ってみようと決意した。
小説では今まで伏せていたが、妙子の母は「ハタノ」に嫁に行ったと告げたの
だ。退院して三ヶ月ほど経っていた。旅行会社Ｉグループで、箱根にリーズナ

ブルな宿を提供していた。千葉から早速出向いた。何十年振りの箱根見物をして、箱根からの帰路に秦野に寄った。

秦野に着いた時、秦野はハタノでなくハダノとにごるのを知った。秦野の市役所を訪れようと思っていた。それと秦野の街の雰囲気が知りたかった。事前に市役所に電話して話をした。現在は個人情報の管理が厳しい。何も言えないと言われた。それでも秦野を訪れたかった。

秦野駅前からタクシーに乗車し、市役所と告げた。

車が駅からの道を左折して、すぐに大川が雪夫の目に飛び込んできた。水量は古郷古町の大川よりずっと少ない、が川幅はやや広かった。カジカ釣りで遊んだ、家の裏を流れる大川を強烈に思った。秦野の街の雰囲気が古町に似てきた。

「人を探しているのですが」雪夫の質問に、市役所の女性は案の定キッパリ言った。

「個人情報には一切お答えできません」

市役所前はバス通りであった。その前を大川が流れていた。雪夫はバスを待ちながら、ぼんやりと大川を眺めていた。バスを一、二台やり過した。通り過ぎた老婦人が、チラリと不審げに雪夫を見た。雪夫はなおも大川を見つめていた。

三島の小説なら、「輪廻転生」をテーマにした『豊饒の海』での小説なら、品良い年老いた妙子が偶然に通りかかるだろう。そして劇的な、まさに奇跡の再会を果たす場面を書き綴るだろうと思いながら……。

エピローグ

因縁を感じた時がはまる時
出会いをば生かす生かさぬ人に依る
人生で大切なもの金と愛
妻一人説得できず国家説く
名もなさず露の世のこと露と消え

今はもう老境も半ばを過ぎた雪夫は、毎日を坦々と過していた。先頃何かの縁か、「親鸞聖人の映画」への招待状が届いた。四、五年以前に某出版社に親鸞聖人に関する本について問合せたことによる。早速に鑑賞に出向いた。老老男女が集ってきた。やはり老人ばかりであった。

人は人生の終局近くでは、一度切りの出場試合を振返りたくなる。皆さん熱心に鑑賞していた。映画は良くできていた、だが一つ異論が雪夫はあった。「心で悪事を思えば、即ち行なったと等しい」こう説いたが、これは「思う事と行なう事は全く違う」と言いたい。実行するには高いハードルがある。決断する心のあり様が問題である。良い事・悪い事、あくまで人間の凡夫の判断であるが、実行する際は責任を問われるのは当然である。思うのは許される!!

露の世で名もなさずして消えて行く
せめて残さん私小説をば
我目指す作家投資家二刀流
株取引に私小説書く

完

〈著者紹介〉
水沢　雪夫（みずさわ　ゆきお）

ある一人《ひとり》の男《おとこ》の話《はなし》

2023年10月20日　第1刷発行

著　者　　水沢雪夫
発行人　　久保田貴幸

発行元　　株式会社 幻冬舎メディアコンサルティング
〒151-0051　東京都渋谷区千駄ヶ谷4-9-7
電話　03-5411-6440（編集）

発売元　　株式会社 幻冬舎
〒151-0051　東京都渋谷区千駄ヶ谷4-9-7
電話　03-5411-6222（営業）

印刷・製本　中央精版印刷株式会社

検印廃止

ISBN 978-4-344-94537-1 C0093
幻冬舎メディアコンサルティングＨＰ
https://www.gentosha-mc.com/